AF602790

1908

NOTICE

D'ESTAMPES

ANCIENNES & VIGNETTES

Les Contes de LAFONTAINE, in-folio

PORTRAITS

DE CÉLÉBRITÉS CLASSÉS PAR ORDRE ALPHABÉTIQUE

Pouvant servir pour l'Illustration des Livres

COLLECTION THÉATRALE

PORTRAITS ET CARICATURES RARES

DONT LA VENTE AUX ENCHÈRES PUBLIQUES AURA LIEU

HOTEL DES COMMISSAIRES-PRISEURS

RUE DROUOT, 5

SALLE N° 6, AU PREMIER ÉTAGE

Le Jeudi 14 Avril 1864

A 1 HEURE PRÉCISE

Mᵉ DELBERGUE-CORMONT, Commissaire-Priseur,
rue de Provence, 8,
Assisté de **M. VIGNÈRES,** marchand d'Estampes,
rue de la Monnaie, 13, à l'entresol; entrée rue Baillet, 1,
Chez lequel se distribue la présente Notice.

PARIS — 1864

CONDITIONS DE LA VENTE

Elle sera faite au comptant.

Les acquéreurs paieront CINQ POUR CENT en sus des adjudications.

L'ordre du catalogue sera suivi.

Tous les lots ne formant pas suite complète pourront être divisés.

M. VIGNÈRES, dirigeant la Vente, se charge des Commissions.

NOTA. Toute commission sans prix fixé ou sans limite déterminée sera regardée comme nulle.

M. VIGNÈRES se charge de faire marquer les prix aux Catalogues des ventes qu'il a faites. Les personnes qui le désirent peuvent s'adresser à lui *franco*.

AVIS. — Nous prions MM. les Amateurs éloignés de ne pas attendre au dernier jour, pour que les lettres arrivent le matin de la vente ; ils comprendront que quelques lettres peuvent se lire, mais de 20 à 50 lettres, c'est difficile.

M.M.			29 %			
payé Maiseau	508	50	147 5	50 20	355	80
payé Hervey	414	75	120 2	35 55	291	85
payé Picot reçu au 192	12	50	3	65	8	85
FW	137	50	35 4	90		

[illegible]
N. D. de Lorette

Herzog 5

DÉSIGNATION

ESTAMPES ANCIENNES & XVIIIe SIÈCLE

1 **Ornements**. Babel, Th. de Bry, Labelle, Meissonnier, Toro, etc 30 p.

2 — Cartouches avec attributs de musique, etc. 6 p. par I du Vivier, chez Poilly.

3 **Aldegraver**. Hercule, l'Hydre et Nessus. 2 p. remargées.

4 **Bye** (Marc de). Le Muletier. Rare. Belle.

5 **Choffart** et autres. Culs de lampes, fins de pages, fleurons, etc. 25 p.

6 **Cochin**. Église Notre-Dame-de-Lorette. Vignettes, allégories, dont 2 avec entourages dessinés à la plume. 11 p.

7 **Demarteau**, d'ap. Boucher. Vénus nue, vue de dos et l'Amour. Sanguine, sup. ép.

8 **Eisen**. Petit enfant avec des légumes eau-forte. Vignettes d'après lui. Eaux-fortes et terminées. 16 p.

9 **Harrewin**. Figure des États de la Ligue. — Procession de la Ligue. 2 p. in-4.

10 **Lajoue**. Second livre de cartouches. 9 p.

11 **Moreau**. Vignettes pour les Contes de La Fontaine, 6. — Anacréon, Rousseau, Voltaire, etc., 13. — 19 p.

12 **Picart** (B.). Costumes, arabesques, fins de pages, etc., 10 p.

13 — Ornements, d'ap. Watteau et autres, 6 p.

14 **Queverdo** (d'ap.). Charmes du Printemps, Agréments de l'Été, Plaisirs de l'Automne, Amusements de l'Hiver. 4 p. in-4.

15 — La Musique, la Peinture, la Sculpture, la Poésie, 4 p. in-4, marge in-fol.

16 **Rembrandt**. La Bataille. B. 117. Belle, marge.

17 **Taylor**. Lavinia, Stella. 2 jolies femmes en bistre.

18 **Varin**. La danse du Peccata. Sup. ép., marge.

19 **Watteau** (d'ap.) et autres. Petites réduction. Contes de La Fontaine, etc., 9 p.

20 **Vespasiano**. La Sainte Vierge. B. 10.

21 **Wick** (Th.). La Fileuse au fuseau. B. 1. — Les Joueurs, 2. — La Couseuse, 3. — 3 p.

PORTRAITS PAR ORDRE ALPHABÉTIQUE

22 **Aiguillon** (duchesse d'), par *Moncornet*. Très-rare, par *Perrot*. 2 p. in-8, toute marge.

23 **Ancre**. Concini Maréchal. — Léonora Galigaï, sa femme. 2 p. in-8.

24 **Argenson** (D'), père. — Marc Pierre. — Réné Louis. 4 p. in-4.

25 **Anne d'Autriche**, par *Schmidt*, *Aubry*, de *Larmessin* et autres. 4 p. in-8.

Martin 6 50 Herzog 10

Herzog 5

[illegible] 10

Toussaint 5

[illegible] 5 50

Hervy 5

Toussaint 5

Toussaint 5

Comb. 3

Toussaint 5
tour

Varlet 3
Colbert Javari

26 **Balzac**. Henriette, marquise de Verneuil. In-8. *Aubert*. Marge.

27 **Beauvillier** de Saint-Aignan (François de). In-4. *Grignon*. Très-belle ép.

28 **Boileau** Despréaux. In 8. *Savart*. Très-belle ép.

29 **Boileau**. In-8, par *Lignon*, d'ap. Rigaud, avant la lettre. Marge, sup. ép.

30 **Bonneval** (Osman Bassa de). In-fol., 2 p.

31 **Bourbon**. Antoine et Jeanne d'Albret en pied. — Jeanne d'Albret, 2. — Antoine. — Charles, connétable. — Charles de Soissons. — Charles Ier, III. — François. — Henri. — Louis de Soissons. 12 p. in-8.

32 **Bourgogne** (Marie Ad. de Savoie, duchesse de). Ep. coupée de *Trouvain*, très-bien remargée, in-8.

33 **Bournonville** (Alexandre II, de). In-4 et in-fol.

34 **Castelnau** (Michel de). In-4, par *Laroussière* et autre d'après 2 p.

35 **Charles IX**, par *Th. de Leu*, *Harrewin*, *Moncornet*, etc. 5 p. in-8.

36 **Charondas** le Caron, Laffemas, Marolles, Regnauldin. 4 p., par *M. Lasne* et autres. In-4.

37 **Chenier**. Au bas, scène de Charles IX. — *Laya*. 2 p. in-8.

38 **Chevalier** (Michel), secrétaire de Charles VII et Louis XI. In-4.

39 **Colbert**, par *Savart*. Chine. — De Seignelay, de *Larmessin*, etc. In-4, par *Edelinck*. 3 p.

40 **Condé** (Marg.-Ch., princesse de), 2. — Henri Ier. Henri II. — Louis Ier. — Louis II. 9 p.

41 **Conti** (Anne M. Martinozzi, princesse de). In-4, par *Moncornet*. Octogone rare. — Armand, son mari, par *Moncornet* et *Vangelisty*. 3 p.

42 **Cusance** (Béatrix de), princesse de Cantecroix. In-4.

43 **David** (L.), peintre. In-4, par *Leroux*. Marge.

44 **D'Éon** (la Chevalière). 2 p. in-8.

45 **Deshoulières** (Mme et Mlle). — Scuderi. — La Suze. 3 petits portraits, par *Ponce*. Rares.

46 **Deshoulières** (Mme). Sup. ép. sur chine, avant toute lettre, toute marge, tirée des émaux de Petitot.

47 **Dorat**. Médaillon soutenu par les Grâces. In-4, par *Lebeau*. 1er état. Rare.

48 **Dubarry** (Mme la comtesse). 3 p. in-8.

49 **Elisabeth**, reine d'Angleterre. In-4, marge. *Paul de la Houve excud.*

50 **Erasme**. In-4, eau-forte, par *Van-Dyck*.

51 **Estaing** (d'.). In-8 et in-4, par *Gaucher*. 2 p.

52 **Favereau**. In-4, dans des ornements.

53 **Florian**. Fontenelle, avant la lettre. 2 p. in-4.

54 **Fontanges** (duchesse de). In-8, par *Ficquet*, marge.

55 **Gabrielle d'Estrées**. Aquarelle de Baudet. In 8.

56 **Gessner** peignant d'ap. modèle. Joli dessin à l'encre de Chine, signé, eau-forte d'une Idyle, son portrait et celui de Gellert, par *Bause*. In-4, 4 p.

Leclerc 8.

Mitgänner 10

[illegible] Herzog 5

Hunzeth 2

Muster 10 50

Ditchfil 6

Goin
Michel 10

[illegible] 2
[illegible]

Goin

Mitamm 8

[illegible] 12 Varlop 12

57 **Gournay** (Marie de). In-4. Lithog. à clairevoie, par *Jacob*. Très-rare.

58 **Harlay**. Achille, évêque de Saint-Malo.—Achille, président. 2 p. in-4, par *Van-Meerlen*.

59 **Henri II**, roi de France. En bois. Rare. In-8.

60 **Henri IV**, de *L. Gaultier*, 3 différents, par *Simon de Pass*, *Tardieu* et autres. 8 portraits et 14 vignettes pour la Henriade ou ayant rapport à Henri IV. 22 p.

61 **Kempis** (Thomas à), en pied. In-8.

62 **Lacadière** (Catherine). In-8, genre de Crespy. Très-rare, toute marge.

63 **Lafayette** (comtesse de). In-8. *Fessard*. Marge.

64 **Lafontaine**. In-8. *Ficquet*.

65 **Lamotte**. Houdancourt (Philippe de), maréchal. *Moncornet* à cheval. *Daret*, 2 p. in-4.

66 **Lapeyre**, littérateur. In-4. Rare.

67 **Lavallière** (duchesse de), par *Chaulet*, *Benoît*, *Johannot*. Chine. 3 p. in 8, marge.

68 **Lesdiguières**. Charles de Créquy, — François de Bonnes. *Moncornet*, *Daret*. 4 p.

69 **Linguet**, entouré de figures allégoriques. Sup. ép. par *Saint-Aubin*. Toute marge.

70 **Longueville** (duchesse de), par *Filloeul*. In-8, avec l'adresse. Le même, adresse effacée, marge, 2 p.

71 **Lorraine**. Henri le Balafré, genre *Th. Deleu*, autre, en ovale; autre, 3. — Charles, cardinal. — Charles d'Elbeuf, 2. — Charles de Joinville. — Ch. Alexandre. — François. — Henri d'Harcourt. Louis, cardinal. — Louis de Joyeuse. 11 p. in-8 et in-4.

72 **Louis XIII** en Amour. — Anne d'Autriche en Diane, 2, par *C. de Passe.* — Louis XIII, buste. 4 p.

73 **Louis XIV**. Le Dauphin et ses trois fils réunis par un soleil, à la plume. — Médailles, 2. — 5 p. pour titres, du siècle de Louis XIV. 9 p.

74 **Louis XIV** et ses amours. 6 portraits, par *Roger.*

— **Louis XIV** et ses ministres. 6 portraits, par *Roger.* 12 portraits, ép. lettres grises avec texte. In-4. 2 plaquettes cartonnées.

75 **Louis XV**, par *Bonnet, Lemire, Prevost,* etc. 5 p.

76 **Lowendal**. In-4. Ovale en couleur, d'ap. *Sergent.* Autre, par *Petit.* 2 p.

77 **Maintenon** (Mme de), par *Lepicié, Roger.* 2 p. in-8.

78 **Mancini** (Hortense). In-8. *Fessard,* in-4. *Valck,* 2 p.

79 **Marca,** archevêque. *Bernigeroth, Edelinck.* 2 p. in-fol.

80 **Leczinska** (Marie). In-8, par *Duponchel.*

81 **Marot** (Clément). In-4. *Debrie* et autre. 2 p.

82 **Médicis** (Catherine), 2. — Marie, 4. — 6 p. in 8.

83 **Métastase**. *Monti,* 2 p. in-4.

84 **Mirabeau**. L'Ami des hommes. In-4. — H. Gabriel, 3 et vignette. 5 p.

85 **Molière** entouré. In-8, par *Hoopwood.*

86 **Molière**. In-4, par *Habert,* Hommage. 2 p.

Mag. 5 Herzog 6

Toussaint 30 Moy. 20

Norman 5 Journey 6

Leclerc 6

Henriette 3

87 **Molière**, par *Lignon*, *Pollet* et autres, 14. — Vignettes, d'ap. Boucher, avec le portrait, 16. — Autres, d'ap. Desenne et H. Vernet. En tout, 40 p.

88 **Montmorency** (Anne de), connétable. In-4 en bois, rare, marge. In-8. *Pinssio.* — Charlotte. — François, baron de Boutteville. — Henri II. 3 p., par *Moncornet.* 5 p.

89 **Musset** (Alfred de). In-4, par *Pollet.* Sup. ép., chine, avant la lettre.

90 **Napoléon I**[er], 7. — Sa famille, 7. — Vignettes, 12. — Généraux, etc., 18. En tout, 44 p.

91 **Nemours**. Elisabeth de Vendôme. In 4, par *Frosne.* Sup. ép. *Moncornet*, coupé et remargé. In-8, 2 p.

92 **Nota** (Alberto). 1828. Crayon noir, par *Ammirati.*

93 **Orléans**. Anne-Marie-L. de Montpensier, 2. — Ch. Paris. — Elisabeth Charlotte, 2. — Gaston, 4. — Henri de Longueville, 2. — Henriette d'Angleterre. — Jean Dunois. — Louis. — L.-P. — L.-P.-J., duc de Chartres, 3. — Louise-Françoise de Bourbon. — Marguerite de Lorraine, 3. — Philippe, M., 4. — Le Régent, 2. En tout, 28 p. de l'in-8 à l'in-fol.

94 **Paoli** (Pascal). 4 p. in-8 et in-4.

95 **Paris** (François de). Diacre. Son histoire en 17 p. Portraits et sujets relatifs, 12. — 29 p.

96 **Philippe IV**, roi d'Espagne. — Isabelle de Bourbon. 2 p. in-4, par *P. de Jode.* Sup. ép.

97 **Prevost**. Abbé. In-4, par *Schmidt.* Sup. ép.

98 **Rabelais**. Illustration. 12 p. in-8, avant la lettre, chine.

99 **Racine** (J.). In-8 entouré, par *Pannier*, d'ap. Edelinck. Magnifique ép. chine, grand papier.

100 **Ravaillac**. Diverses scènes de son supplice. Petit in-fol.

101 **Raynal**. Histoire du commerce des Indes. 10 p. in-8. d'ap. *Moreau* le jeune, par *Delaunay*. Sup. ép. toute marge.

102 **Renty** (Gaston J.-B. de). In 4, par *K. Audran*.

103 **Robespierre**. Divers. In-8. 6 p.

104 **Rousseau** (Femme de J.-J.). En pied, par *Naudet*. In-4, rare.

105 **Rusé**. Antoine, marquis d'Effiat. *Daret*, *Moncornet*. 2 p.

106 **Rohan**. Anne de Guéménée. — Henri. — Hercule de Montbason. — Marie de Montbason. 5 p. in-8. *Moncornet*.

107 **Sand** (Georges). Figures de femmes pour ses œuvres, la plupart sur chine. 18 p., dont le portrait.

108 **Schiller**. Illustration. Portraits et vignettes pour les Œuvres, la guerre de Trente ans, etc. 53 p.

109 — Portrait de Schiller et suite de vignettes in-8, par *Schuller*, d'ap. Geissler. 11 p. — Autres suites, par *Hofmann* et autres. 21 p. En tout, 32 p. Pourra être divisé.

110 **Scudéry** (Madeleine de). In-8, par *Will*. Marge.

Martin [illegible]

Moy 10 50 Michel 12

Bonnechose 5
Guiot [illegible] Michel 22

Henry 26 [illegible] 25

Toussaint 3

2	cartouches		1	
7	Venus	Herzog	3	
14	Queverdo	Herzog	10	
18	Paccata	Herzog	4	
22	Aiguillon	Toussaint	3	
25	anne d'autriche		1	
27	Beauvillier	Toussaint	3	
28	Boileau	Martin	3	
32	Bourgogne	Hervey	4	
35	Ch. IX	Toussaint	3	
39	Colbert	Toussaint	5	
42	Cusance	Leclerc	5	
45	p. 3.	Mitzenne	8	
47	Dorat	Martin	5	50
54	Fontanges	Henrotte	2	
56	Gessner	Martin	6	
57	Gournay	Litchfield	2	
59	Henri II		1	
61	Kempis	Goin	1	50
62	Lacadière	Michelot	5	
67	Lavalière	Goin	2	50
70	Longueville	Mitzenne	3	
			81	50

			81	50
71	Lorraine	Martin	12	50
72	Louis XII	Dehague	3	50
81	Marat		1	
87	Molière	Toussaint	20	50
91	Nemours	Gueroy	6	50
93	3 Marguerite	Leclerc	3	
99	Racine	Martin	6	
101	Raynal	Michelot	11	
103	Robespierre	Bonnelou	1	50
104	J. J. Rousseau	Michelot	20	
109	Schiller	Hervey	24	
110	Scudery	Toussaint	1	
111	Rabutin Sevigné	Genot	2	
128	artistes		4	
129	11 Ecclesiastiq		2	
131	13 litterature	Martin	2	50
	46		4	25
133	20 divers		8	
139	13 gracieux	Martin	4	
145	Jeanne d'arc		21	
147	napoleon	Martin	3	25
149	de faucon	Martin	6	50
			249	..

			249					385	
	Servante	Marlon	7		198	Préville	Herzog	4	
	femme avare	Marlon	7						
	Garçon	Marlon	5	50	200	Bampommier	Berger	35	
	Rossignol	Marlon	10	50					
	Courtisanne	Marlon	5	50	203	St. aubin couleur	Herzog	7	
	Jeunesse	Marlon	7						
154	Baptiste aîné	Lachapelle	5	50	209	Tartini		2	
155	Baptiste Cadet	Lachapelle	4	50	210	Vestris	Michelot	4	
156	Carlin	Olivier	5		212	Viardot		3	75
	Julien	Joly	1		213	Volange	Dub. Dub.	3	50
158	Bordier	Bonnechose	5		216	Lacauchie		2	50
162	Chester	Michelot	10	50	219	14 acteurs		5	50
163	Clairon	Michelot	5	50		40	Ollivier	4	25
164	Couronné	Michelot	4		221	18 Musiciens		13	
165	C. Voltaire	Michelot	5		222	20 divers		5	50
178	Georges	Michelot	6	50				480	..
181	Johnstone	Michelot	4					24	..
187	Lecouvreur	Lerebours	1	50				504	..
188	Lekain	Lerebours	3						
191	Maillard	Herzog	9						
192	Mars		1	50					
194	Melson	Michelot	5						
195	Michu	Herzog	6						
196	Potier		4						
197	Préville	Herzog	7						
			385	..					

Ginot
H. Sévigné 4
Babelin 2

Philippe 3

Herzog 5
[illegible] 10 [illegible]

Hennette
Boursaudi

111 **Sévigné** (Mme de). In-8, par *Fittler*. Rare. — *Schmidt, Masquelier*. Chine avant la lettre. — *Tardieu*. Chine. — Henri. — Rabutin. 6 p. avec marge.

112 **Sue** (Eugène), entouré des scènes des mystères de Paris.

113 **Suze**. Henriette de Coligny. *Desrochers* entouré.

114 **Tasso** (Torquato). Illustration pour la Jérusalem délivrée. 21 p. d'ap. *Le Barbier*. In-8.

115 **Thou** (Christophe). In-4. — Jacques Aug. 2 p.

116 **Tiedge**. — Uhland. 2 poëtes allemands in-4, lithog.

117 **Tourville**. Maréchal en pied. *Trouvain*, In-fol.

118 **Vendôme**. François de Beaufort. — L.-J. de. In-4 ovale en couleur, d'ap. *Sergent* et autres. 4 p.

119 **Villars**. Maréchal. In fol., entouré d'armes.

120 **Voiture**. In-4, par *J. Lubin*. Sup. ép., marge.

121 **Voltaire**. In-4 en couleur, par *Alix*. Rare.

122 — aux Enfers. — Le héros de Ferney au théâtre de Chateleine, par *Th. Orde*, qui devint lord Bolton. — Credo de Voltaire surmonté de son portrait. 3 p. très-rares.

123 — Déjeuner de Ferney, prière de Voltaire, titres et portraits, etc. 13 p.

124 Broussel, Cicéron, Duquesne, Toulouse, 4 *Ficquet*, Jean Law, Coligny, Villars, 3 *Schmidt*. Catinat, *Will*. 8 p. in-8, la plupart avec marge.

125 **Larmessin**. 62 portraits de rois de France. In-4, plus 19 entêtes et fins de pages, vol. veau.

126 **Moncornet**, Daret, Larmessin, etc., Alençon, Anjou, Bellegarde, Chatillon, Estrée, Hozier, Jeanin, Joyeuse, la Trémouille, Marillac et autres. 61 p., la plupart avec marges.

127 **Odieuvre.** Biron, Epernon, etc. 34 p. in-8, la plupart avec marge.

128 **Artistes**. Boucher, Lemoine, d'ap. *Cochin*, Coypel. In-fol. Lebrun et autres. In-8. 19 p.

129 **Ecclésiastiques**, papes, etc. 51 p. de l'in-8 à l'in-fol.

130 **Femmes célèbres**. 56 portraits in-8, anciens et modernes.

131 **Littérateurs**, de l'in-8 à l'in-fol. 58 p.

132 Boileau, Bossuet, Corneille, Crébillon, Labarpe, Molière, Rollin, J.-B. Rousseau, Mme de Sévigné, Voltaire. 10 très-petits portraits par *Hoopvod*. Sup. ép. sur chine avant la lettre, toute marge.

133 **Personnages divers**. Anciens et modernes, de l'in-8 à l'in 4. 104 p.

134 Galerie de Versailles et autres portraits modernes. 63 p.

135 **Chaulnes** (Honoré d'Albert, duc de), par Malte-Brun.

Brezé (Urbain de Maillé), par Girardet.

Bayard à genoux, en pied, par Massard. Lavé à l'encre.

Maillebois (marquis de). Maréchal, en pied, par Malte-Brun.

Balde Ubaldi, jurisconsulte, par Massard.

Urbain VIII, pape, par Massard.

Ces 6 dessins, à la mine de plomb, sont tirés des galeries de Versailles. Seront divisés.

Henriette Bonmarché

Martin 7. . .

ILLUSTRATIONS, VIGNETTES

136 **Illustrations** pour le théâtre de Racine, 57 p. in-8, avant la lettre.

137 **Marillier** et autres, 49 vignettes, nombre parfaitement remargées.

138 **Pièces historiques**. Mort de Marie Stuart. — Charles IX. — Henri III, etc. 17 p.

139 **Sujets gracieux**. Les Grâces, Vénus, Pâris et Hélène, etc. 33 p.

140 **Vues** de Paris, par *Chedel*. — Le Luxembourg, par *Silvestre* et autres diverses modernes. 20 p.

141 Vignettes modernes. *Johannot* et autres, avant la lettre, chine et autres. 37 p.

142 Illustrations au bistre, par *Séb. Leroy*, 2. — Philippe V apercevant la Victoire. A l'encre. — Chapelle, avec tombeau d'Oxenstiern, Tumulus, etc. 7 dessins à l'encre et bistre.

143 Réunion de vignettes pour Don Quichotte, d'ap. Bonnington, Charlet, Eug. Lami et autres. Ép. sur chine, la plupart avant la lettre, tirées de diverses suites. 28 p.

144 Vignettes de *Chodowiecki* pour divers ouvrages. Suites complètes et incomplètes. 40 p.

145 Illustration pour le poëme de *Jeanne d'Arc*, 22 vignettes in-4, d'ap. Marillier, Monnet, Monsiau et le portrait, par Gaucher. Très-belles ép. toute marge.

146 La Pucelle, ou la France délivrée. 15 p. par *A. Bosse*, pour l'édition de Chapelin. Petit in-fol. Belles ép.

147 Illustration pour l'histoire de Napoléon. 11 p. in 8. Sup. ép. sur Chine, grand papier.

148 Fastes de la nation française, par Ternisien d'Haudricourt, 100 p. in-4. Scènes de dévouement, et hauts faits militaires, avec texte explicatif au bas.

149 **Contes de Lafontaine**. In-fol 21 p. par Filleul, Larmessin.

— D'ap. Boucher. Le Fleuve Scamandre.
— La Courtisane amoureuse. Marge.
— D'ap. Eisen. Gageure des trois commères.
— D'ap. Lancret. Les deux Amis.
— Les Troqueurs.
— Pâté d'anguilles.
— Le Faucon. Avec marge.
— La Servante justifiée. Marge.
— Les Rémois. Avec marge.
— A femme avare galant escroc.
— Le Gascon puni. Marge.
— D'ap. Le Clerc. Le Rossignol. Marge.
— D'ap. Lemesle. Le Cuvier.
— D'ap. Pater. Le Savetier.
— Les Aveux indiscrets.
— Le Baiser donné — le Baiser rendu.
— Le Glouton. Avec marge.
— La Courtisane amoureuse. Marge.
— Le Cocu battu et content. Marge.
— D'ap. Vleughels. Le Bast. Rare.
— La Jument du compère Pierre. Marge
Pourront être divisées.

Olivier tout 20 à 21
ou pour 20 f. excepté les 0.

Herzog 5

Herzog 5

Martin 22 25 Herzog 5

Michelo 6

Herzog 5

Herzog 5

Herzog 5

Herzog 5

Herzog 5. Lachapelle 7. Michel 5

Lachapelle 5

Olier 5 carlin

Joly 3 Mlle Julien Saul

Bonnechose 8

Michel. 8

COLLECTION THÉATRALE

150 La Bienfaisance ingénieuse. Fait musical, par Eleviou, Martin, etc. Bertaux. In-8 en travers.

151 **Photographie.** Mlle Ang. Fioretti, danseuse (Opéra). — Haendel. — Halévy. — Haydn. — Mendelssohn. — Mozart. — Ristori. — Weber. 8 cartes de visites en pied.

152 — Beauvallet. — Bressant. — Samson. 3 p. in-4.

153 **Abington** (Mrs), rôle de Scrub. — Mrs Billington. Coloriée. 2 p. Très-rares.

154 **Baptiste** aîné. In-4 en couleur par *Alix*. Au bas, scène de Robert chef de brigands. Très-rare.

155 **Baptiste** cadet, dans les Héritiers. En couleur. In-fol. par *Leroy*.

156 **Bertinazzi** (Carlin). Ovale in-4 en couleur, par *Coutelier*, toute marge. — Mlle Julien. 2 p.

157 **Betty**. In-fol., par *Ward*. et 2 caricatures coloriées. 3 p.

158 **Bordier**. Arlequin qui fut pendu à Rouen. Très-rare.

159 **Brizard**. En pied, d'ap. *Carmontelle*.

160 **Camargo** (Mlle). Petite p. in-4, d'ap. *Lancret*. Remargée.

161 **Catalani**. In-4, par *Bartolozzi*. Rare. — Chatte, elle griffe le chancelier. — Sémiramis. — Paganini percé de l'amour de Catalani 3 caricatures coloriées très-rares. 4 p.

162 **Chester** (Miss), en biche et Georges IV. Colorié, très-rare.

163 **Clairon**. Au bas, le rôle de Médée. Petit in-fol. *Michel*.

164 — couronnée par Melpomène. In-4. Lemire.

165 — couronnant Voltaire. In-4. Dupin.

166 **Colombe** (Mlle), l'aînée, Comédie-Italienne, profil en couleur. Ovale, par *Janinet*. In-8.

167 **Comte**. La Carte pensée. Coloriée, rare.

168 **Cooke** Rôle en pied en couleur.—Sur la tête de Kemble. 2 p. rares.

169 **Cuisot** (Mlle), rôle du Page. Aquarelle, par *Joly*.

170 **Elliston**. In-4 en couleur, par *Cardon*, dans trois rôles. 2 p.

171 **Emery**, rôle d'Andrew. — Farren, rôle de Teazle. 2 p. rares, coloriées.

172 **Farinelli** (Carlo Broschi). In-4, par *Wagner*.

173 **Farren** (Miss), en Vénus de Médicis, devint comtesse de Derby. Très-rare.

174 **Favart** (Mme). In-8, par *Flipart*.

175 **Fix** (Mlle Delphine), en pied, par *Riffaut*. In-4 avant la lettre.

176 **Foote** (Miss). In-4 en couleur. — Entre deux hommes à oreilles d'ânes. — Autre coloriée, rarissime. 3 p.

177 **Garrick**. In-4, par *Cooper*, *Wood*, et autre rare. — Sa maison. 4 p.

178 **Georges** (Mlle). In-4 et caricatures où elle se trouve avec Raucourt, Duchesnois et l'abbé Geoffroy. 4 p.

179 **Gherardi**, Laporte, Romagnési. 3 p. en pied.

Michel. 10

Michel 5

Michel 6
[illegible] 3. 25 Michel 8.

Michel 15

Michel 17

Michel 6

Michel 6

Herzog 15 Michel 5

Michel 11

Herzog 10 Michel 5

Herzog 10 Michel 6

180 **Haydn**. In-4, par *Schiavonetti*. Lettre grise.

181 **Johnstone**. In-4 en couleur, par *Ward*, charge où il fume avec le prince de Galles. 2 p.

182 **Joly**, rôle de Lantara, aquarelle, et rôle de Felsheim. 2 p.

183 **Jordan** (Mrs), rôle de Romp. In-fol. en bistre.

184 **Kean**. In-4, par *Turner*. Caricatures coloriées, son épitaphe, etc. 7 p.

185 **Kemble**. Portraits, rôles et caricature, rares. 5 p.

186 **Laruette**, d'ap. *Monnet*, dans les chasseurs.

187 **Lecouvreur**, par *Schmidt*. Entourée. In-4.

188 **Le Kain**, dans Gengiskan. In-4 en pied.

189 **Liston** sur un âne, très-rare, et 7 rôles dont 6 coloriées. 8 p.

190 **Lully**, par *Vermeulen*. Coupé à l'ovale. Belle ép.

191 **Maillard** (Mlle), du théâtre des Arts. In-4 en couleur, par *Alix*. Très-belle ép., marge.

191 bis **Maria**, danseuse de la Chaumière. Belle photographie in-4, coloriée. — Vue du bal de la Chaumière, lithographie. 2 p.

192 **Mars** (Mlle). Médailles de *David*, *Lecomte*, *Jacob*, *Vigneron*. 4 p.

193 **Mathews** at home. Colorié, rare.

194 **Mellon** (Miss). In-4. Devenue duchesse de S. Albans, et caricature. 2 p. rares.

195 **Michu**. In-4 en couleur, par *Alix*. Au bas, deux scènes de théâtre. Sup. ép., marge.

196 **Potier**, dans le Père sournois. Riquet à la Houppe. Boisec, les Anglaises, et Ch. Potier. 6 p., rôles.

197 **Préville** (Dubus). In-4 en couleur, par son filleul *Alix*. Au bas, trois scènes de théâtres. Marge.

198 — En buste, grand in-4. par *Romanet.* Sup. ép.

199 **Rachel** (Mlle), rôle de Roxane. Lithog. en pied, par la *vicomtesse de Noailles* (tiré à 10 ép.) Charges diverses, programme sur satin blanc, texte, etc. 7 p.

200 **Ramponneau** (Invitation du sieur). Rendez-vous bachique; vue de l'intérieur des berceaux, surmonté de son portrait et celui de sa femme en bas. Pièce très-rare, avec scènes de buveurs.

201 **Raucourt** (Mlle), par *Ruotte*.—Entrera-t-il, etc. 2 p.

202 **Robinson** (Mrs). A. scene in Bow street, avec Fox. Charge très-rare et pittoresque.

203 **Saint-Aubin** (Mme) In-4, par *Alix*, avec scène au bas. Sup. ép. marge.

204 **Sallé** (Mlle). In-8. Dessin par *Baudet*, d'ap. Fenouil.

205 **Siddons** (Mrs), comme muse de la Tragédie. Charge avec miss O'neill. 2 p. coloriées. Très-rare.

206 **Sontag** (Mlle) In 4. *Caspar*, rare. Lith. par *Sharp*. 2 p.

207 **Taglioni**, par *Robinson*, en pied, charge et texte. 5 p.

208 **Talma**. In-4, par *Girard*, avant la lettre, et autres, rôle de Sylla, par *H. Vernet*. Charges avec l'abbé Geoffroy, et autres. 7 p.

209 **Tartini**. In-4, par *Imbert*.

210 **Vestris** (Mme). Charge en carrosse, coloriée.

211 **Vestris** junior, danseur en pied; — tombeau. 2 p.

Herzog 5

Cantaillonn 30 Michel 12 Gonevout 6, Herzog 30, AB 40

pour dire

Michel 10

Herzog 15

Michel 12.

[illegible]

Olivier

[illegible]

212 **Viardot** Garcia (Mme Pauline), gravé par *Martinet*, d'ap. Scheffer. Sup. ép. chine, avant la lettre.

213 **Volanges**. Le Triomphe de Janot. Colorié, très-rare.

214 Costumes de théâtres de Martinet, Armand, Arsène, Belmont, Desmares, Dubois, Duchesnois, Mars, Tiercelin, Vertpré, etc. 50 p.

215 Costumes de Bellecour, Clairon, Duménil, Molé, Laruette, Caillot, etc. 11. — Camel, Dumouchel, Frenoy, Lafargue, Saint-Léger. Collection Maillot, rare. En tout, 17 p.

216 Galerie théâtrale, par Lacauchie, Mmes Doche, avec charges et texte ; C. Grisi, Lafont, Lepeintre aîné, Ligier, Maute, Numa, Vernet. 8 p

217 Acteurs allemands : Dawison, Doring, Raimund, Mme Schroeder Devrient, Tichatscheck. 5 p. in-4.

218 Acteurs anglais : Bannister, Bartley a Falstaff, Braham, H. Faucit, Keeley, King, Knight as Thimothy, Munden, J. Reeve, Wild, dessin par Sherwin, Wilkinson, etc. Wood et Miss Paton, Wright as Billy, et autres, et texte. 20 p, dont plusieurs rares.

219 Acteurs et actrices français, et texte. 54 p.

220 Charges de littérateurs et artistes dramatiques. 12 p.

221 Musiciens divers. 16 p.

222 Littérateurs et autres. 48 p., 2 lots.

Renou et Maulde, imprimeurs de la Compagnie des Commissaires-Priseurs, rue de Rivoli, 144. 30268

www.ingramcontent.com/pod-product-compliance
Ingram Content Group UK Ltd.
Pitfield, Milton Keynes, MK11 3LW, UK
UKHW022000260726
13994UKWH00004B/1875